CAPERUCITA ROJA

Copyright © 1968 by NordSüd Verlag AG, CH-8005 Zürich, Switzerland.
First published in Switzerland under the title *Rotkäppchen*.
Spanish text copyright © 2009 by North-South Books Inc., New York 10001.
Spanish translation by Eida de la Vega
All rights reserved.
No part of this book may be reproduced or utilized in any form or by any means, electronic or
mechanical, including photo-copying, recording, or any information storage and retrieval system,
without permission in writing from the publisher.

First published in the United States, Great Britain, Canada, Australia, and New Zealand in 2009
by North-South Books Inc., an imprint of NordSüd Verlag AG, CH-8005 Zürich, Switzerland.
Distributed in the United States by North-South Books Inc., New York 10001.

Typography by Christy Hale

Library of Congress Cataloging-in-Publication Data is available.
ISBN: 978-0-7358-2263-4 (Spanish paperback edition).
10 9 8 7 6 5 4 3 2 1
Printed in Belgium

www.northsouth.com

FSC
Fuentes mixtas
Grupo de producto de bosques
bien manejados y otras fuentes
controladas
Cert no. BV-COC-070303
www.fsc.org
© 1996 Forest Stewardship Council

CAPERUCITA ROJA

Los hermanos Grimm • ilustrado por Bernadette Watts

NorteSur

New York

Había una vez una niña a la que todo el mundo quería, especialmente su abuelita. La abuelita le había regalado una caperuza de terciopelo rojo y a la niña le gustaba tanto que nunca se la quitaba. Por eso, todos la llamaban Caperucita Roja.

Un día, su madre le dijo:

—Caperucita, llévale este pastel y esta botella de cordial a tu abuelita. No se siente bien, y esto la pondrá mejor. Pero prométeme que no te apartarás del camino. Ve derecho a casa de la abuela y no te olvides de darle los buenos días al llegar.

Caperucita Roja lo prometió, tomó la cesta y se puso en marcha.

La abuelita vivía en el bosque, a una hora de camino del pueblo. Cuando Caperucita iba por el sendero, de pronto, un lobo apareció frente a ella.

Como nunca se había encontrado con un lobo, no sintió ni pizca de miedo.

—Buenos días, Caperucita Roja —dijo el lobo.

—Buenos días, lobo —respondió ella, recordando que debía ser amable.

—¿A dónde vas en este día tan hermoso? —le preguntó el lobo.

—A casa de mi abuelita —le dijo Caperucita—. No se ha sentido bien últimamente.

—¿Y qué llevas en la cesta? —le preguntó el lobo.

—Un pedazo de pastel y un poco de cordial —dijo Caperucita— para que se sienta mejor.

—¿Y dónde vive tu abuelita? —quiso saber el lobo.

—En el bosque, un poco más adelante, derecho por este camino —le dijo
Caperucita Roja.

"Hum", pensó el lobo, "esta niña será un bocado delicioso, mucho más tierna que la anciana. Me cenaré a la anciana y reservaré a la pequeña para el postre".

El lobo acompañó a Caperucita durante un rato. Entonces le dijo:

—¡Mira qué flores tan bonitas! Estoy seguro de que a tu abuelita le encantará que le lleves flores.

Caperucita Roja miró las flores de brillantes colores balanceándose entre los árboles. "Es un regalo perfecto para mi abuelita", pensó. "Todavía es temprano. Me da tiempo para hacer un bonito ramo".

Y Caperucita se apartó del camino para recoger flores. Pero cada vez que cortaba una flor, veía otra un poco más allá y así se fue adentrando más y más en el bosque.

Entre tanto, el lobo se fue a la cabaña de la abuela y tocó a la puerta.

—¿Quién es? —preguntó la abuelita.

—Soy Caperucita Roja —dijo el lobo con la voz más dulce que pudo poner.

—Levanta el pestillo y entra, mi hijita —dijo la anciana—. Estoy demasiado débil para levantarme de la cama.

El lobo levantó el pestillo, saltó adentro y se tragó entera a la pobre anciana. Luego, se puso el camisón y el gorro de la abuela, se metió entre las sábanas y corrió las cortinas.

Cuando Caperucita Roja hubo recogido todas las flores que pudo, se encaminó de prisa a casa de la abuela. Le sorprendió hallar la puerta abierta.

—Buenos días, abuelita —dijo desde la puerta, pero nadie
respondió. Así que se aproximó a la cama y abrió las cortinas.
Allí estaba su abuelita, con el gorro cubriéndole parte de la cara,
y se veía muy rara.

—Ay, Abuelita —dijo Caperucita—, qué orejas tan grandes tienes.

—Son para oírte mejor, mi niña —dijo el lobo.

—Pero, abuelita, ¡qué ojos tan grandes tienes!

—Son para verte mejor —respondió el lobo.

—Pero, abuelita, ¡qué dientes tan grandes tienes! —dijo Caperucita.

—¡Son para COMERTE mejor! —rugió el lobo y, en un periquete, se tragó a Caperucita. Entonces se volvió a meter bajo las sábanas para echar la siesta.

Al poco rato, pasó por allí un cazador y pensó: "Esta anciana está roncando demasiado fuerte. Tengo que ir a ver si le sucede algo".

Cuando entró a la cabaña, encontró al lobo profundamente dormido en la cama de la abuela. El cazador estaba a punto de dispararle cuando

se preguntó dónde estaría la anciana. ¿Se la habría comido el lobo?

El cazador sacó su cuchillo y abrió la barriga del lobo para comprobar.

Lo primero que vio fue una caperuza roja, y Caperucita salió de un brinco.

Luego salió la abuelita.

El cazador le pidió a Caperucita que trajera unas piedras bien grandes. Con las piedras rellenó la panza del lobo y después, la cosió.

El lobo despertó con la barriga llena de piedras.
Trató de darse vuelta. Trató de sentarse.

Por fin logró pararse por unos segundos.

Pero enseguida cayó muerto.

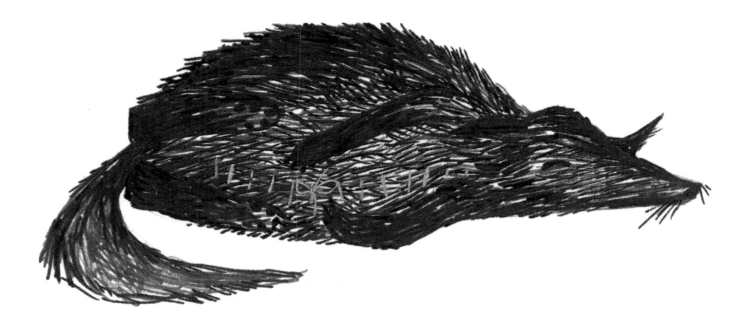

El cazador le quitó la piel al lobo y se la llevó a su familia. La abuelita se comió el pastel y se bebió el cordial que Caperucita Roja le había traído y pronto se sintió más fuerte.

Después de ese día, Caperucita Roja siguió yendo a casa de la abuela, pero nunca más se apartó del camino y jamás de los jamases volvió a hablar con lobos.